LE MONSTRE,

Pot-Pourri,

ÉCRIT SOUS LA DICTÉE

DE CADET EUSTACHE

PAR CH. HUBERT,

Et précédé d'une analyse de la pièce de
MM. Merle et Antony.

PARIS,

CHEZ TOUS LES LIBRAIRES,
MARCHANDS DE NOUVEAUTÉS.

Y

1826.

LE

MONSTRE,

POT - POURRI.

ON TROUVE

Petite Biographie des Pairs, avec l'indication des votes sur le droit d'aînesse, publiée par Raban. 2ᵉ éd. 5o c.

Histoire d'une paire de ciseaux, suivie de la Biographie des censeurs, publ. par le même. In-32. 5o c.

Biographie des Quarante de l'Académie, publiée par la Portière de la maison. 5o c.

Biographie des Maréchaux de France, précédée de celle du Dauphin et du prince de Condé, par M. Masséy de Tyrone. In-32. 6o c.

Les Gendarmes, poëme par M. Odry, suivi de notes et commentaires, du *Canon des Cuisinières* et du Conscrit de Corbeil, et précédé d'une Epître à M. Odry, par M. Arnal. In-32. 25 c.

Le langage des Fleurs et des couleurs, pour servir à la composition des bouquets, couronnes, guirlandes, etc ; joli cahier in-12, piqué, rogné. 5o c.

LE

Monstre,

Pot-pourri,

ÉCRIT SOUS LA DICTÉE

DE CADET EUSTACHE

PAR CH. HUBERT,

Et précédé d'une analyse de la pièce de
MM. Merle et Antony.

PARIS,

CHEZ TOUS LES LIBRAIRES,

MARCHANDS DE NOUVEAUTÉS.

1826.

Analyse de la pièce de MM. Merle et Antony.

La scène se passe près de Venise. Janskin et Zametti, jeunes Vénitiens, se sont adonnés à la science du grand Hermès; Janskin cherche la pierre philosophale, et son ami Zametti cherche à deviner le grand mystère de la création de l'homme. Le premier a dépensé en charbon et en fourneaux la fortune de son père; il a été accusé de magie par le conseil des douze, et pour éviter l'autodafé vénitien, il s'est réfugié dans les montagnes, et s'est mis à la tête d'une horde de Bohêmiens. Le père de Janskin s'est réfugié dans une cabane, et y passe ses tristes jours, consolé par Cécilia, sa fille, qui sert de guide à son père, auquel toute la science de Janskin n'a pu rendre la vue.

Cécilia aime Zametti , qui doit l'épouser. Janskin cherche à faire renoncer son ami et son futur beau - frère à ses études, qui offensent la divinité. Zametti persiste ; par la force de ses charmes diaboliques , il est parvenu à former un corps d'homme auquel il manque encore la vie. Dans une entrevue avec un génie, forcé d'obéir à Zametti par ses conjurations , le jeune adepte reçoit un vase qui contient la liqueur qui doit animer le monstre qu'il vient de créer. Zametti reçoit le vase des mains du génie; il rentre dans son laboratoire , frotte le spectre inanimé avec la liqueur , et un éclat épouvantable de tonnerre donne la vie à une créature horrible, qui se meut, marche, apparaît comme un fantôme, et s'attache aux pas de son imprudent créateur.

Ici nous bornerons notre analyse. Il nous serait impossible de retracer les

scènes de terreur qui se succèdent. Le
monstre est partout, ministre de la ven-
geance céleste qui pèse sur la tête de Zametti, son apparition est un malheur, un
assassinat partout où il porte ses pas.
Nous indiquerons seulement au premier
acte l'apparition du monstre. La manière
magique dont il s'abyme dans les en-
trailles de la terre, sans qu'elle s'ouvre
sous ses pas; l'imitation parfaite du
vent et de la pluie qui frappe sur les
vitraux du laboratoire de Zametti. Une
musique délicieuse qui se fait entendre,
la pantomime admirable du *Monstre*,
qui croit pouvoir saisir les sons avec ses
mains et les porter à son oreille. L'ef-
froi qu'il éprouve en sentant l'action
du feu ; enfin, pour reposer les esprits,
un pas délicieux dansé par Mlle Flo-
rentine et Mazilier, où les poses les
plus gracieuses sont unies à ce que la
légèreté a de plus aimable. La scène

du miroir, où le monstre voit ses traits pour la première fois, fournit au même Cook le moyen de déployer tous les secrets de son art. Au deuxième acte, l'embrâsement de la chaumière du père de Cécilia; l'enlèvement de sa jeune fille par le monstre; l'imitation horrible des caresses qu'il a vu prodiguer à Cécilia par son amant. Enfin la scène où le monstre prend le fils de Zametti et le précipite dans les flots.

Les décorateurs ont réservé toute la magie de leur art pour le troisième acte; rien de plus étonnant que le rideau qui paraît au commencement de cet acte; M. Lefèvre s'est placé par la vérité de son ciel, de ses eaux, de ses rochers, à côté des Gudine, des Bouton et des Daguerre. Je ne cite pas notre Cicéri; car le rideau de M. Lefèvre n'est pas un décor, c'est un véritable diorama. M. Tamkings, peintre anglais, a composé la scène de tempête, dans laquelle la mer roule ses flots courroucés jusques vers le bord du théâtre, les mouvemens de tangage et de roulis du vaisseau, sont d'une imitation parfaite. Le fond du théâtre est dans une obscurité profonde, sillonnée par la foudre, qui laisse apercevoir tous les génies infernaux. Cécilia est sur le vaisseau avec Zametti, qui dérobe sa tête aux poursuites de l'inquisition vénitienne. Le monstre paraît sur les flots, s'élance sur la barque, saisit Zametti par les cheveux, le précipite dans les ondes, et rentre dans le néant.

Telle est l'idée imparfaite que l'on peut donner dans une froide analyse, du poëme le plus fortement conçu, et dans lequel le spectateur sans cesse effrayé, ne songe pas à chercher une intrigue raisonnable. On ne voit qu'un monstre informe sorti des mains d'un

mortel qui a voulu lutter contre la divinité créatrice.

Cet ouvrage a obtenu un succès de
fureur, dont le mime Cook et l'acteur
Meinier peuvent s'attribuer une bonne
part.

Extrait du Nentor du 11 juin 1826.

PRÉFACE.

Une préface à un pot-pourri ! — Pourquoi pas ? Ce n'est point pour le public qu'elle est faite : ainsi, lecteur bénévole de cette bluette, tournez le feuillet sans la lire. — Alors, pourquoi une préface ?—Je vais vous l'apprendre. Lié d'amitié avec les auteurs du *Monstre*, dont j'aime le talent, j'ai, en parodiant leur ouvrage, tâché d'être plus drôle que juste, et je suis bien aise qu'ils sachent...

—J'entends ; vous leur deman-
dez pardon d'avoir fait un ouvrage méchant.—Dites, lecteur,
un méchant ouvrage ; mais le
mot n'y fait rien, vous m'avez
compris. Bonsoir.

CADET EUSTACHE.

LE
MONSTRE,

POT-POURRI.

Air : *Un jour à Fanchon j'dis.*

Allons, Babet, vite un' chemise ;
On jou' le Monstre à Saint-Martin,
C'est certain.
J'vas mettre à neuf ma barbe grise,
Et des bureaux
Assiégeant les barreaux,
J'pars dès le matin, quoi qu'on en dise,
Afin d'avoir
Un' place pour le soir.

Air *du petit Courrier.*

Mais que d'soldats j'vois défiler !
Oh ! la précaution est bonne !

Y a dix gendarmes par personne,
Afin d'empêcher de siffler.
De ne pas trop se compromettre.
A leur aspect on sent l'besoin ;
A cheval on les a fait mettre,
Pour qu'ils nous fass'nt peur de plus loin.

Air : *Des fraises.*

Quell' foule, on la composa
D'femm's venu's d'une lieue :
Quoiqu' les ch'veux on me rasa,
Montrons leur qu'j'ai des droits à
La queue.

Air *du Verre.*

A vous glisser d'ce côté-ci,
Ah ! m'dit-on, gardez-vous d'prétendre.
En fait d'billets on donne ici
Ce qu'en cachette on ne peut vendre.
L'intérêt d'chez nous est proscrit,
Et dans nos pièces à la glace,

Comme il n'y a qu'moitié d'esprit
Entrez vite pour moitié place.

AIR : *Allez-vous-en, gens de la noce.*

Par le théâtre dans la salle
Enfin je m'suis acheminé !
Mais qu'eu déchet pour la morale !
Rien encor n'est illuminé.
Au fond d'une loge poudreuse
    J'arrive en haut froissé,
        Blessé,
Et sur le bout d'un banc cassé,
Pour les dix sous qu'exig' l'ouvreuse,
J'ai l'bonheur d'être... mal placé.

AIR *de Marcelin.*

Du régisseur la main de fer
Frapp' les trois coups de l'ouverture ;
La musiqu' fait un bruit d'enfer,
Et l'monstre dit : Ah ! qu'c'est nature !
Y n'sait pas qu'pour nous attraper,
Depuis dix ans, quoiqu'on en glose.

2

L'orchestre, afin de n'pas s'tromper,
Joue à peu près la même chose.

Air : *A boire, à boire, à boire.*

Chut, l'ouvertur' s'achève
En trois fois l'rideau s'lève ;
J'vois un homm' pâle et frémissant :
S'rait-ce un rentier à trois du cent ?

Air : *Rendez-moi mon écuelle de bois.*

Non morbleu, c'est un chef de bandits,
Dont le père qui beugle,
Pour ne plus revoir monsieur son fils,
Exprès se fit aveugle.
Cependant ce vaurien a vingt ans,
N'fit qu'des farces sans conséquences.
C'n'est qu'pour passer du tems
Les instants,
Qui vol' les diligences.

Air : *Avec les jeux dans le village.*

Avec vingt lurons sous les armes,
Du fond du Monomotapa (1)
Il vient, en dépit des gendarmes,
Près d'la cabutte du papa.
J'veux r'voir, dit-il, coûte que coûte,
Mon pèr', ma sœur et ses enfans.
Être voleur sur la grand' route,
Ça n'empêch' pas les sentimens.

Air : *Bonjour, mon ami Vincent.*

Janskin vient pour voir encor
Un ancien ami d'collége.
Qui jadis se disait fort
   Fort sur l'almanach de Liége.
      L'savant audacieux
      En dépit des cieux
Fabriquait des bras, des mains et des yeux;
   Mais ce qui doublait l'sacrilége,

(1) Monomotapa ! c'est sans doute une erreur.
Cadet voulait probablement dire Montmartre
ou Belleville.

C'est qu'au ciel jamais y n'chantait tout bas
Ça vous va t'y bien (*ter*), ça n'vous bless' t'y pa

Aɪʀ : *Adieu, je vous fuis, bois,* etc.

Bref c'est pour le rendre à l'honneur,
Qu'bravant la peine capitale ,
Au sorcier qu'est l'amant d'sa sœur
Le bandit vient parler morale.
Ah ! dit-il , pour doubler nos maux ,
Dans le pauvre siècle où nous sommes ,
On rencontre assez d'hommes faux ;
N'ayons pas encor de faux hommes.

Aɪɴ : *Va-t'en voir s'ils viennent.*

Mais le magicien méchant
   Sort de la coulisse ;
On l'prendrait pour un marchand
   De vulnérair' suisse.
A son valet aux abois ,
   Chacun conjecture
Qu'il vient tirer dans les bois
   La bonne aventure.

Air *d'Angélique et Melcour.*

Non ; il y vient l'cœur tout ému
Chercher un ami du grimoire,
Et se plaint de n'avoir pas vu
Le géni' de la Roche Noire.
— Monsieur l'magicien, alte-là.
Nous le dire est une folie :
L'public a bien vu qu'jusque-là
    La pièce était sans génie.

Air : *Nous nous marirons dimanche.*

Ah! vilain sournois ;
Encore une fois,
Dit l'voleur , il faut m'entendre ;
Et puisque ma sœur,
Monsieur le farceur,
Eut pour toi l'cœur
Trois fois tendre,
Epouse-là
Mais avec de la
Cendre ;

N'cherche plus l'moyen
D'avoir du bien
A r'vendre;
Pour être un milord,
Au lieu d'fair' de l'or,
Il est bien plus court d'en prendre.

AIR : *Prenons d'abord l'air bien*
méchant.

Tu l'veux. Eh bien ! avec bonté
Je r'nonce à c'métier qui m'embrouille;
Mais contre toi l'autorité
Vient d'envoyer une patrouille;
Pour sauver ta tête et ton nom,
Décampe vite avec ta troupe
Moi, j'reste pour dire au démon,
Qu'je n'viendrai plus manger sa soupe.

AIR : *Bonsoir la compagnie,*

A peine est-il parti,
V'la qu'Zametti
Appèle l'Diable ;
Mais qui pouvait l'prévoir,

C'est pour avoir
L'plaisir de l'voir,
Sur un'table.
L'valet
Tombe et n'en est qu'plus laid.
Bonsoir la compagnie,
Dit en sortant l'génie;
Si j'suis si gros, eh bien !
C'est que j'me porte bien (1).

Air *des Bossus.*

De ton malheur Zametti v'la flacon,
Songes-y bien, ça n'est pas du macon;
Par son secours en vain tu crois briller,
Adieu l'on m'a défendu d'babiller,
Et dans un coin je vais m'déshabiller.

Air : *Ma belle est la belle des belles.*

Sans être amateur de la treille
L'sorcier qu'la joie a rendu fou,

(1) Il parait que M. Cadet n'aime pas la graisse.

Embrasse six fois sa bouteille
Et l'gros monsieur rentr' dans son trou.
Ce départ on doit le maudire;
Car on croyait qu'plus érudit,
Ce que le génie allait dire ,
Vaudrait mieux que ce qu'il a dit.

Air *de la légère.*

Filons vîte ,
V'là l'chang'ment , faut qu'on l'évite ;
Filons vîte
Mon ancien ,
Dit l'magicien.

Il avait raison, morbleu !
Car l'sifflet du machiniste,
Sur le nez de chaque artiste,
Fait tomber un rideau bleu.
Adieu bois , rivière , ferme ;
D'Zanetti v'là les foyers :
Il doit avoir cher de terme
Au prix où sont les loyers.

Filons vite,
V'là l' chang'ment, faut qu'on l'évite,
Filons vite,
Mon ancien,
Dit l' magicien.

AIR : *Qu'elle est, qu'elle est bien.*

Zametti qui fit un enfant,
Avant d' chercher à faire un homme,
A laissé le sien qui gaîment.
Sur le théâtre fait un somme.
Au lieu d' le mettr' sur son dodo,
Cécile entre en disant *presto*,
Dodo,
L'enfant do,
L'enfant dormira tantôt.

AIR *de M. de Catinat.*

Pour faire ce que fait un public malveil-
lant,
Le bambin ferme l'œil et le rouvre en
bâillant.

Au moment où Cécil' pour l'éveiller frappa,
Il a cru voir le diable, et veut voir son papa.

Air : *Chantons l'amour et le plaisir.*

Décoré du beau nom d'aveugle,
Afin de partir du château,
C'est alors que l' monsieur qui beugle
Exig' sa canne et son chapeau.
On est surpris que de la fille
L' sorcier loge tout' la famille ;
A ça j' réponds que d'Zametti
L'hôtel est un hôtel garni.

Air : *Depuis long-temps j'aimais Adèle.*

Tandis qu' l'aveugle est à tâter son ventre,
  Pour savoir s'il n'est pas maigri,
L' chef de voleurs frappe au palais et entre,
Et sans s'nommer s'fait embrasser par lui.
  D' ce fils qu'il prend pour sa d'moiselle
  La barbe doit lui faire peur ;
  Il doit supposer que la belle
Peut au besoin faire un fameux sapeur.

AIR : *Lison dormait dans un bocage.*

Zametti , sur cette entrefaite,
Revient et dit, fronçant l' souci.
« On d'vrait avoir sa barbe faite
» Quand on s' fait embrasser ainsi ; »
Puis au papa qui déménage
Il chante d'un air conséquent :
A quand, quand, quand ; à quand,
          quand , quand,
A quand, mon cher, à quand l' ma-
          riage,
A quand, quand, quand ; à quand,
          quand, quand,
Rester garçon fait trop d' cancan.

AIR : *Tu ne vois pas, jeune imprudent.*

Puisque tu tiens à cet hymen,
T' auras fillette au doux corsage,
Entre onze heur's et midi demain ,
Mais jusque-là faut qu' tu sois sage.

Fais-toi maçon ou bien boucher,
Etre sorcier n'vaut rien qui vaille.
Sous l' chaume t' es v'nu la chercher,
Ne me la rend pas sur la paille.

AIR : *Ma commère quand je danse.*

Après c' discours qu'on admire,
Notre aveugle, en vrai hibou,
Loin de se laisser conduire
S'en va seul on ne sais où.
  On le croit fou,
  Quatre fois fou.
Sa fille en un coin soupire
Au lieu d' lui crier cass' cou.

AIR : *Dans cette maison, à quinze ans.*

Seul' restée avec son amant,
Cécile, qui craint les bêtises,
Lui dit : Tu fus un garnement,
De grâce ne fais plus d' sottises.

Tu t' f'ras bientôt mettre au violon,
Dis-moi l'affair'... quoi! ça fait brosse!
Ah! j'espère en savoir plus long (*ter*)
A compter du soir de ma noce:

Air : *J'ai vu la meunière.*

«Le sermon de ton digne aïeul
   »M'défend d'être coupable,
»Ce que je voulais faire tout seul,
   «A deux est plus f'sable.
   »Détestant mon ambition,
   »Avec ta permission,
   »J'vais donner au diable,
   »Sa démission.»

Air : *Du pas d'charge.*

Prenant ça pour argent comptant,
   Cécilia s'éloigne:
Et le parterre assez content,
   A son départ la *soigne.*

Bien que son p'tit air gracieux
Lui donne la partie,
J'crois qu'l'un des auteurs aim' mieux
Son entré' qu'sa sortie.

Air : *Toujours seule, disait Nina.*

Le vent siffle et disant holà,
V'là
L'sorcier qui détalle ;
Je crois qu'on a réglé ce vent-là
Sur les sifflets d'la salle (1).
Dans sa cuisine Zametti,
Malgré sa promesse est parti.
L'monstre est bâti,
Et l'niais blotti,
Crie, eh nini, c'est fini.
Hi !!!

Air : *T'en souviens-tu?*

Des Dieux vexés, parodiant l'image,
Dit Zametti rentrant pâle et défait:

(1) M. Cadet est ici de mauvaise foi; on n'a
pas sifflé.

J'ai voulu faire un homme à mon image,
Et c'est un monstre aujourd'hui que j'ai fait.
De tant suer ce n'était pas la peine,
Ah ! quel déchet pour mon ambition ;
Moi qui voulais pour un' fabrique humaine
Avoir un p'tit brevet d'invention.

AIR : *je reviens de la guerre je m'en....*

    Mais v'la fond du théâtre
        Qui s'fend,
Et l'monstre tout verdâtre
        Descend.
—Des jours dont je dois peu m'soucier,
J'viens à coups d'poings, monsieur l'sorcier,
        Vous r'mercier.

AIR : *Mon cœur me dit tout le contraire.*

Devant l'souffleur jusqu'à trois fois
Il passe et fait voir sa perruque ;
Pendant c'temps l'magicien sournois,
Tire son épée et le r'luque.

L'quel des deux aura son paquet ;
Y s'tienn'nt déjà par la cravate,
Au lieu de tirer le briquet
Voudraient-ils tirer la savate.

AIR : *Décacheter sur ma porte.*

Non ; sans crier à la garde,
L'sorcier qui se r'met en garde
Veut lui percer le flanc ;
Mais le v'la brisé son glaive d'fer blanc,
Et l'monstre en un trou se glisse
En lui faisant, j't'en ratisse.

AIR : *J'ai vu par tout dans mes voyages.*

L'rideau tombe, et du premier acte.
En frissonnant on voit la fin,
Et chacun se dit dans l'entr'acte,
V'la z'un monstre qu'est fièr'ment fin.
Pourtant son maître n'est qu'un cuistre.
Pour augmenter notre stupeur,

Que n'fit-il un mauvais ministre ;
Il nous aurait bien plus fait peur.

Air : *Il a voulu, il n'a pas pu....*

> Mais de nouveau
> S'lève l'rideau,
> Silence, il faut qu'on juge ;
> Pleurez tendrons,
> Nous nous croirons,
> Au bon temps du déluge.

Air *des Bourgeois de Chartres.*

De Janskin v'là la bande
Qui, sous des amandiers,
S'chauffe par contrebande
En vrais contrebandiers.
Au fond de la forêt, pour se sécher d'l'orage,
Ces messieurs brûlent leur pourpoint,
Or le public ne dira point
Qu' n'y a pas d'feu dans l'ouvrage.

3

Air : *Une fille est un oiseau.*

Dans un coin, étant blotti,
Janskin tout seul dialogue ;
Il croit bonn'ment qu' l'astrologue
Est tout-à-fait converti ;
Mais un' lettre qu'on lui donne
Lui prouve qu'un Dieu pardonne,
Et qu'Zametti s'abandonne
Au métier qui l'f'ra damner :
Or non loin de là sans gène,
Voyant l'monsieur qui s' promène,
Il envoy' tout l' mond' prom'ner.

Air : *Au coin du feu.*

Qu'as-tu fait ? y a du louche !
—Un homme qui marche et mouche
    Nous y voilà !
—J'ai mérité tes r'proches,
On ne fait plus d'brioches
    De c'te force-là.

AIR *de l'écu de six francs.*

Ah! dit l'sorcier, j'en suis malade;
Il n'a pas pour moi l' moindre égard.
Que n'puis-je, d' brigade en brigade,
Le faire conduire à Clamart.
Si l' ciel ne veut pas qu'il périsse,
Ce fils deviendra mon tyran,
Et j'eus tort de l' faire aussi grand
Pour ménager les mois d'nourrice.

AIR : *Le voilà* (de la Clochette).

Le voilà ! (*bis.*)
J'ai grand' peur qu'il m'éventre;
Le voilà ! (*bis.*)
R'tirons-nous pour qu'il entre.
Le voilà ! (4 fois.)

AIR : *J'arrive à pied de Provence.*

Le monstre des plus ingambes
Arrive, et morbleu,

On croirait qu'à ses deux jambes
Il porte un bas bleu.
Quoi! vers le brasier tu t'traînes?
Mon vieux, attention!
Tu vas brûler les mitaines
D'l'administration.

AIR : *Je n' saurais danser.*

Mais v'là qu'on entend
Un p'tit air de contredanse.
Et l' monstre content
Valse l'anglaise en sortant.
Il a tant
D' talent
Quand tout seul y s' met en danse,
Qu'on croirait
Qu'il est
Un figurant du ballet.

AIR : *C'est la faute de Rousseau.*

Les bohémiens r'viennent tous,
Et leur chef, d'un air honnête,

Dit tout d' suite : amusez-vous,
Au s'cond acte il faut une fête.
Là-dessus un danseur subtil,
Avec un morceau d' coutil
Fait faire à sa danseuse
L'enseigne de la frileuse.

AIR : *Contentons-nous d'une simple*
bouteille.

Encore un' fois v'là l'théâtre qui change,
Du vieil aveugle enfin voici l'log'ment.
D'vant un miroir Cécile qui s'arrange
Attend l' futur... le voilà !... doux mo-
ment !
Le temple est prêt... Avant d' se mettre
en route,
Bénissez-nous, dit l' sorcier créateur,
L' père y consent ; mais comme il n'y voit
goutte,
Au lieu d' sa fille il bénit le souffleur.

Air *de Tarare Ponpon.*

Le souffleur, ai-je dit?
Non ; c'est le chef de bande
Qui s' fait par contrebande
Pardonner à crédit.
« Sur mon cœur, jour prospère ,
» Olben crie : Ah ! viens donc !
» Je suis toujours ton père...
  » Dindon. »

Air : *Ce mouchoir belle Raimonde.*

Mais pendant qu'la noce dîne
Chez l'traiteur à trente-deux sous ,
L'monstre vient à la sourdine
Pour mettre tout sens d'ssus d'ssous.
Devant le miroir il s'arrête,
Et se dit : Que vois-je là ?
Mieux vaudrait n'avoir pas d'tête
Que d'en avoir un' comm' ça.

Air : *Le port Mahon est pris.*

N'importe, il faut qu'on m'aime,
J'entends,
J'prétends,
Qu'ce soit pour moi-même ;
J'sens, qu'pour l'amour extrême,
Je suis organisé,
C'est toisé,
D'celui qui m'a bâti :
L'objet n'est pas parti,
Vîte, enlevons la belle,
Elle n'est pas, dit-on, très-rebelle,
Dans un coin avec elle,
En dépit d'son fiancé,
Enfoncé !

Air *des Pendus.*

Aussitôt fait, aussitôt dit ;
Cécile est enl'vé' du taudis.
Mais Zametti qui la protége,
Lance au galant un' ball' de liège ;

Et tout le beau sexe est flatté
Qu'un si beau coup n'ait pas raté.

AIR : *Amis , dépouillons , etc.*

» Avant qu'd'aller à l'Hôtel-Dieu
» Faire panser mes blessures ,
» Je vais , en vous disant adieu ,
» Vous en fair' voir des dures.
　　Là-dessus, d'un tison
　　Brûlant la maison ,
L'monstre est dans l'feu sans l'craindre ;
　　Et tout près de l'eau ,
　　Pour faire tableau ,
　　On reste sans l'éteindre.

AIR *des Fleurettes.*

Quoiqu'aimant à médire :
Si ça commenc' froid'ment
On est forcé de l'dire,
Ça finit chaudement.

Pourtant c'monstre m'inquiette ,
Et d'ses jours si j'étais l'auteur,
J'lui f'rais, pendant la chaleur,
Prendre une boulette.

AIR : *ton tan tà laissez-les passer.*

Sans retard venez vous placer ,
Il n'y a qu'deux heur's d'entr'acte ;
Sans retard venez vous placer ,
L'troisième acte
Va commencer.

AIR ? *Si Pauline est dans l'indigence.*

Dans un' salle à moitié gothique
Et grande comme un cabinet,
L'père du monstre qu'on critique,
Et par chacun traité d'benet.
Grâce à sa conduite étourdie,
L'pauvre aveugle s'vit enterrer

Sous les charbons de l'incendie,
Que n's'e faisait-il assurer !

Air, *Ça n'dur'ra pas toujours.*

Aux armes, vite aux armes !
Crie un monsieur qui r'ssort,
L'sénat a des gendarmes,
Ils vienn'nt... prouvons encor,
Que l'on n'a jamais tort,
Lorsque l'on est le plus fort.

Air : *Pour avoir la paix en France.*

Grâce à ton rare génie,
Nous s'rons pendus d'compagnie ;
   A son frère v'la c'que dit
   Le maître Bandit.
Dix écus telle est la somme,
Qu'on promet si l'on t'assomme,
Ou bien si l'on t'coup' le cou
Pour la tête d'un grand homme,
   Ça n'est pas beaucoup.

Air : *Où s'en vont ces gais bergers.*

Chut, c'est assez babiller,
  Répond l'sorcier qu'on raille ;
Faut, pour plaire au poulailler,
  Accepter la bataille.
A manier l'sabre et l'mousquet,
  Je ne suis pas novice ;
Et j'cours emprunter l'briquet
  Du pompier de service.

Air : *Trouverez-vous un parlement.*

Profitant de ce départ - là,
Le monstre sort de sa cachette.
On a l'air dans cet acte-là,
De jouer à la clign'musette.
Chez son maître on cherche à prévoir,
C'qui vient fair' lui qu'fort peu l'on aime.
Mais comment pourrait-on l'savoir,
J'suis sûr qu'il n'en sait rien lui-même.

AIR : *Toto Carabo.*

Mais on vient..... il écoute,
C'est l'petit Antonio
Et Pedro.
Le monstre va sans doute,
Pour en fair' son dîner,
L'emmener.
Juste, v'la qu'est fait,
Grand Dieu ! quel forfait !
L'public est stupéfait,
Ça fait
L'effet,
Juste l'effet,
D'l'ogre et du P'tit Poucet.

AIR *de la Piété filiale.*

Envain l'sorcier arrive tout en eau,
Pour sauver sa progéniture ;
L'monstre se rit des pleurs de la nature,
Et disparaît par un pan du panneau.

Mais c'qui n'est pas l'plus beau d'l'histoire,
C'est qu'en se sauvant, sans pitié
Au pauvre enfant il fait prendr' un bain d'pié
Et choisit la mer pour baignoire.

Air : *J'ai perdu mon âne.*

J'ai perdu c'qui m'reste,
O moment funeste,
Pauvre Zametti qu'dira
Cécile quand ell' saura,
Qu'j'ai perdu c'qui m'reste ?

Air : *Mes bons amis, voulez-vous m'en-*
seigner ?

N'pleur' plus faquin,
C'est bête, dit Janskin,
Pendant qu'la nuit étend son voile,
Viens avec nous ;
J'ai pour vous
Sauver tous,

Un grand vaisseau derrièr' la toile.
   A bord chacun se rend ;
   Tandis qu' maint figurant
Tir' des pétards au bord de la coulisse.
   Les imprudents, ils sont perdus !
   Car les pétards sont défendus,
   Par ordonnance de police.

AIR : *Eh ! ma mère, est-ce que j' sais ça.*

   Assis ! assis ! tout le monde ;
   Voici l' dernier changement.
   La terre, les cieux et l'onde,
   Tout est mis en mouvement.
   Tudieu ! la belle galère,
   On croirait qu' sur l'eau qui bout,
   On voit le coche d'Auxerre,
   Ou la gaillot' d' Saint-Cloud.

AIR : *Il était un roi d'Yvetot.*

Mais non... quel effrayant tableau,
   La mer est un abîme.

Au bruit d'la foudre, le vaisseau
Craque, s'ouvre et s'abîme.
Oh! oh! oh! ah! ah! ah!
Le monstre est cause de cela,
Le v'là.
Oh! oh! oh! ah! ah! ah!
Tout Paris voudra voir cela;
Là, là.

AIR *de Fanchon.*

Bref v'là qu'sur un' civière,
Roulent dans la rivière
Le sorcier et puis mon
Démon.
Las de rester sur terre,
J'vois.
Puisque des flots il fait choix,
Que c'est un réfractaire
Du pays des anchois.

AIR : *O filii, ô filiæ.*

La toil' tomb', mais auparavant
N'y a pu l'quart d'un acteur vivant;

De morts, j'en compte le moins dix.
De profundis.

RÉFLEXION DE CADET.

Air : *Muse des bois.*

Des trois auteurs j'admire la prudenc
En adoptant leur acteur infernal.
Et bien qu'on ait de grands talens en Fr
Prendre un anglais était national.
C'est donc à tort qu'à part on les contrôl
Faire autrement eût eu plus d'un dang
Puisque d'un monstre il fallait jouer le
Ils ont bien fait de choisir un étranger.

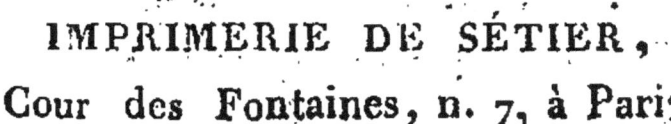

IMPRIMERIE DE SÉTIER,
Cour des Fontaines, n. 7, à Paris.

www.ingramcontent.com/pod-product-compliance
Lightning Source LLC
Chambersburg PA
CBHW061712180626
46818CB00003B/1360